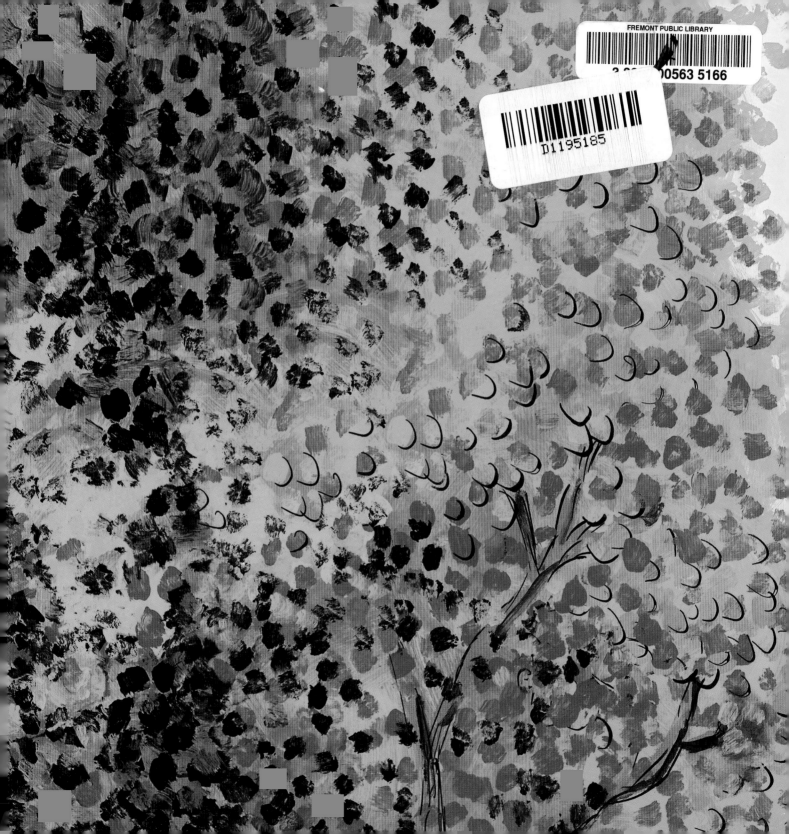

A Ana, la madre de Pedro.

Antonio Sandoval

A Roberto de la Prida, amigo y compañero de patio.

Emilio Urberuaga

Título original: *A árbore da escola*

Colección libros para soñar®

© del texto: Antonio Sandoval, 2016
© de las ilustraciones: Emilio Urberuaga, 2016
© de la traducción: Antonio Sandoval, 2016
© de esta edición: Kalandraka Editora, 2017

Rúa de Pastor Díaz, n.º 1, 4.º A . 36001 Pontevedra
Tel.: 986 860 276
editora@kalandraka.com
www.kalandraka.com

Impreso en Imprenta Mundo, Cambre
Primera edición: septiembre, 2016
Segunda edición: abril, 2017
ISBN: 978-84-8464-258-9
DL: PO 390-2016
Reservados todos los derechos

Esta obra ha recibido una ayuda a la edición
del Ministerio de Educación, Cultura y Deporte.

GOBIERNO
DE ESPAÑA

MINISTERIO
DE EDUCACIÓN, CULTURA
Y DEPORTE

SECRETARÍA
DE ESTADO
DE CULTURA

El árbol
de la escuela

Antonio Sandoval   Emilio Urberuaga

kalandraka

En el patio de la escuela había un árbol.
Solo uno.

A Pedro le gustaba correr cerca de aquel árbol
durante los recreos. Cuando pasaba a su lado
lo miraba de reojo para no chocar con él.

Un día se detuvo y se fijó en su aspecto.
Era delgaducho, con ramas finas, como de alambre,
y tenía unas pocas hojas secas.

Pedro se acercó y acarició su tronco.
De repente, al árbol le brotó una hoja nueva.

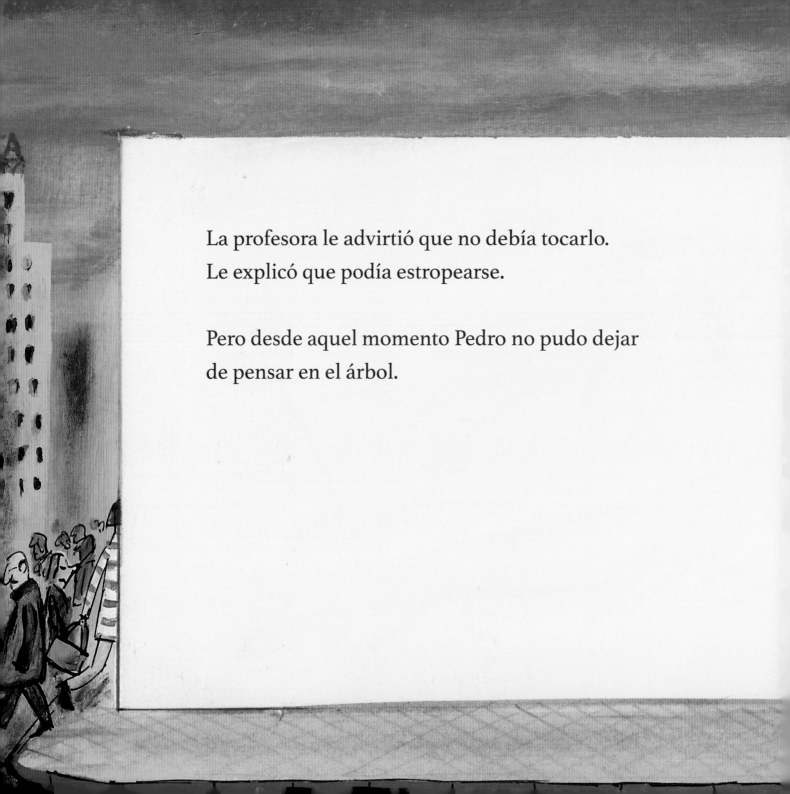

La profesora le advirtió que no debía tocarlo.
Le explicó que podía estropearse.

Pero desde aquel momento Pedro no pudo dejar
de pensar en el árbol.

Dos días después lo regó
y al árbol le salieron varias hojas más.

Tres días después lo abrazó
y al árbol le brotó una rama nueva.

La profesora regañó a Pedro. Le explicó que aquel árbol
llevaba mucho tiempo viviendo allí, tranquilo,
sin que nadie lo molestara.
Y que era mejor que siguiera siendo así.

Por la tarde, alguien puso una valla redonda y metálica
alrededor del árbol, con la intención de protegerlo.

A la semana siguiente Pedro trepó a las ramas más altas.
La profesora tuvo que subirse a una escalera para ayudarle a bajar,
porque el árbol había crecido mucho.

Después, Pedro explicó a sus compañeros que aquel árbol
necesitaba mucho cariño para crecer.

Así que...
Marta plantó una flor junto al árbol,
para que no se sintiese tan solo.

Luis colgó de una de sus ramas una casita de pájaros,
para que los petirrojos lo alegraran con sus trinos.

Sofía le leyó un poema que había escrito
especialmente para él.
Todos aplaudieron cuando terminó de leerlo.
¡La profesora también!

Aquella tarde, la profesora quitó la valla
y colgó un columpio de la rama más fuerte,
para que el árbol pudiese jugar aún más
con los niños y niñas.

Días después, unos científicos llamados «botánicos»
vinieron a ver el árbol. Les asombró que hubiese crecido tanto
en tan poco tiempo.

Al acabar sus comprobaciones, dijeron que aquel
era un ejemplar único en el mundo,
y que debían cuidarlo muchísimo.

Pedro y sus amigos
construyeron una gran cabaña
entre sus ramas.

Entonces, a la profesora se le ocurrió que aquella cabaña
era un lugar estupendo para leer.
Así que trasladaron hasta allí la biblioteca.

Una mañana Pedro descubrió que al árbol le había nacido
una especie de pequeña pelota en una rama. ¿Qué sería?

Cuando aquella cosa se desprendió,
los botánicos volvieron para estudiarla.
Les explicaron que era una semilla.
Si la plantaban, de ella nacería un nuevo árbol.

Hubo una asamblea en la escuela
para decidir qué hacer con la semilla.
Y entre todos acordaron que lo mejor
era enviarla a otro colegio que no tuviera árboles.

La cartera se la llevó dentro de una cajita rellena de algodón.

Cuando el paquete llegó al otro colegio, el director plantó la semilla,
y puso junto a ella una señal de aviso para que nadie la pisase.

La semilla germinó y un nuevo arbolito empezó a crecer.

Pero era tan pequeño que durante mucho tiempo
nadie le hizo caso.

Hasta que un día una niña se fijó en él.
Era delgaducho, con ramas finas, como de alambre.

Se acercó...

                    ... y decidió acariciarlo.